马宜平 著

# 雪绒花

中国文联出版社
http://www.clapnet.cn

图书在版编目（CIP）数据

雪绒花 / 马宜平著 . —— 北京 : 中国文联出版社，
2020.7
ISBN 978-7-5190-4309-4

Ⅰ.①雪… Ⅱ.①马… Ⅲ.①诗集－中国－当代
Ⅳ.① I227

中国版本图书馆 CIP 数据核字 (2020) 第 112626 号

# 雪绒花

著　　者：马宜平

终审人：闫　翔　　　　　　　复审人：周劲松

责任编辑：刘　丰　　　　　　责任校对：潘传兵

封面设计：小　马　　　　　　责任印制：陈　晨

出版发行：中国文联出版社

地　　址：北京市朝阳区农展馆南里 10 号，100125

电　　话：010-85923019（咨询）85923000（编务）85923020（邮购）

传　　真：010-85923000（总编室），010-85923020（发行部）

网　　址：http://www.clapnet.cn　　　　http://www.claplus.cn

E－mail：clap@clapnet.cn　　　　　　liuf@clapnet.cn

印　　刷：中煤（北京）印务有限公司

装　　订：中煤（北京）印务有限公司

本书如有破损、缺页、装订错误，请与本社联系调换

开　　本：880×1230　　　　　　1/32

字　　数：50 千字　　　　　　　印　张：4.5

版　　次：2020 年 7 月第 1 版　　印　次：2020 年 7 月第 1 次印刷

书　　号：ISBN 978-7-5190-4309-4

定　　价：22.50 元

# 献 辞

献　给
善良的正直的勤劳的我的母亲
李长芝

一九五三年正月十四生于安徽肥西
二〇〇二年十一月十六日逝世于安徽合肥

我的母亲李长芝

（1987 年摄于长安照相馆）

# 序

      文字，是人类社会特有的文明。我，是一个热爱文字的人。

      我生是一个女娃儿，打小在地里头长大。十七岁拜师学艺，学习中医。不想在我二十七岁那年，我的母亲在晚归回家的路上被一个酒驾者撞倒在地，溘然离世。母亲的离世让我痛不欲生，弃医从文。我在母亲的坟前立志要用文字把母亲留在世上，于是我便走上了文学创作的路。

      《雪绒花》是我在校外做陪读妈妈时（2015 年 8 月至2018 年 6 月，这段时间里我的孩子在读高中）得空写成的。《雪绒花》的创作是因我读泰戈尔诗集《吉檀迦利》受到启发，结合自己对人、对物、对世界的感悟构造而成，共六十九篇，有如一些人，有如一些事，有如一些希望和梦想。

      我本人很喜欢这部诗歌集，切望读者也喜欢。

马宜平

2018 年 11 月 23 日

# 目 录

4

# 雪绒花

2015 年 10 月 1 日至 2016 年 5 月 1 日

# *1*

仿佛是最轻的一丝一厘，
仿佛是最重的一点一滴。

一的一切一经毁灭，
一切的一又经生成。

亿万年的热望，
亿万年的躁动，

亿万年的距离，
亿万年的相与，

亿万年的求乞，
亿万年的你的呼吸！

雪绒花

## 2

我不管风往哪边吹，
我的方向向着你，

我不管云往哪里去，
我的心里只有你。

与你，是我的由来，
与你，是我的真爱。

*3*

……
我的世界丰富多彩！

我有我亲亲的母亲，
我有我亲亲的外婆，
我有我亲亲的日出、
亲亲的田野、亲亲的棠梨树、
亲亲的河塘、亲亲的村庄、亲亲的牛羊、
亲亲的我，

亲亲的、亲亲的，
我的世界丰富多彩。

## 4

我在这多彩之中歌唱！
我在这多彩之中奔跑！

我在这多彩之中瞭望！
我在这多彩之中奋上！

我在这多彩之中大叫！
我在这多彩之中嬉笑！

我在这多彩之中酣睡！
我在这多彩之中生长！

我在这多彩之中学习爱的语言！
我在这多彩之中感受生的力量！

# 5

然而，一日，
多彩永逝。

真的，我不知道钱是个什么东西，
一经拥有，我就有了漂亮的金手镯，

每一个清晨我都新新地走进教室，
在同学们羡慕的眼睛里像个公主一样。

可是，我的心不见了快乐，
所以，我决定离去。

雪绒花

*6*

我不过是轻轻眨了一下眼睛，
天一下子就黑了。

好大好大的风啊！
好大好大的雪啊！

好漂亮好漂亮的圣诞树啊！
好多好多的圣诞礼物！

好白好白的你呀！
天哪，天哪，好多好多个你呀！

# 7

一个声音冲我嘶喊，
止住了我迈向你的脚步，

风停了，
你不见了。

你去了哪里？
和谁在一起？

慌忙中，我推开了那扇唤做"时空"的窗，
追寻你的方向！

雪绒花

# *8*

太初的世界，
天蓝得可爱；

太初的世界，
云白得耀眼；

太初的世界，
土地广阔到没有边际。

太初的世界，
人们没有语言，没有善恶，

太初的世界，
人们一起收获，一起分享。

## 9

有石飞来，
有云曰海，
泉婉泉清，
松迎康泰。

鸿蒙初辟，
你为情种！
接天连地，
生生不息。

## *10*

是谁伤害了她？
她在心底哀嚎！
顷刻间，
泪滴成海。

为了你，她拼尽了她全部的爱，
为了爱，她奉献了她全部的生命。
是谁伤害了她？
她在心底哀嚎！

她在心底哀嚎！
是谁伤害了她？
顷刻间，
泪滴成海。

是谁伤害了她？
她在心底哀嚎！

# 11

它又黑又重，
我越来越拖不动，
恐惧、无助、疾病、难过将它层层包裹！
它侵蚀着我。

一个人的心脏能有多大？
我还能承受多少艰难、多少苦痛？
它冲破了我的底线，
我的呼吸越来越弱。

它不过就是个影子！
何以让我吃了败仗？
一定是我给了它诸多能量，
它才得以膨胀。

而如果没有我，
它什么都不是。

雪绒花

## *12*

我是一粒蒲公英，
我有一个小秘密，
我不告诉你，
妈妈说我可以飞。

妈妈说我的家不只是在巴尔干半岛，
我的家还在小亚细亚，还在希腊，还在伯罗奔尼撒，
还在创业者的头脑里，
还在开拓者的双手中。

幸好，我生就一颗移动的心。
我在哪里，希望就在哪里！
我在哪里，幸福就在哪里！
我在哪里，力量就在哪里！

月如钩、浅浅柔，
妈妈松开了我的手。
我在半岛的夜空里自由地飞，
飞往远处的家。

# *13*

我想要知道你的消息，
我的心渴望感受你的气息，
可是你一直不来、一直不在，
落下我一个人坚守着我们几近荒芜的爱。

我常常面向大海，
遥想着你在海外，
遥想着你的归来，
遥想着我的欢快，
泪水就悄悄跌进大海。
……

生命是多么需要爱、需要被爱。
我要如何止住我对他的思慕，
他来得那么亲、那么义无反顾，
好像生是一体，好像一呼一吸。

雪绒花

## 14

天昏昏的、沉沉的，
地暗暗的、冷冷的，
也分不清是白天还是黑夜，
我走在一条窄窄的长长的小路上。

左边是高耸的悬崖，
右边是无底的深渊，
我不知道我去往何处，去做什么，
我只是一直走、一直走、一直走。

小路有尽，我看见一盏灯，
灯光徐徐地照出小屋里满壁、满壁的书籍。
我步进小屋，找我要找的书，
蓦地，我见到了你。

你端坐在屋子中央，
手里捧着你的书，
你在读书，
在一张方方正正的小凳子上。

"你来啦。"你轻声招呼。
"嗯。"我低低地应。

"这就是我的家。"你说。
"哦。"我点了点头。

你继续你的阅读，
我缓缓步到屋外，
沿着我来时的路走去，
啊，你的灯光照亮了我的路。

雪绒花

# 15

呀！这是什么？
柔柔的在我心里，
令我追味、令我欢喜，
令我不知所以、令我意想迷离。

呀！这是早开的花！
这花儿没有绿叶，也没有根，
风吹吹就蔫了，雨点点就碎了，
我不要这花，绝对不要。

我就装作什么也不曾发生。
可我为什么要躲？
我又不是羊，
又没有看见狼。

## 16

我不能在这里驻足，
这里没有你，
我也不能和他一处，
他原不是我最紧要的需求。
我必须行进！
虽然贫穷正束缚着我的手脚，
但是我必须行进，
哪怕是用尽我全部的力气，
我必须去到有你的地方，
在我极其有限的生命里，
你才是我的追求，
你才是我的意义，
哪怕天高，
哪怕路远。

雪
绒
花

## 17

我说：我爱你！
我以为那是真的。
我说：没有你我便没有自己；
我说：不是你我便不能再爱；
我说：死灰亦可复燃。

其实，我错了。
我不可能永远站在起点，
只要我还活着；
我的思想也不可能为过去停留，
无论你是多么优秀。

并且，我的胸膛正如天空般宽广，
这颗心能容纳也像大海一样深远。
最好和最后，永远都在下一个路口、
向我招手。

## 18

他在哭，躲在暗处。
可不知道他为什么哭。
为什么要惦记着那些个"无"？

如果是因为寂寞的缘故，
何不去看看那没有气息的坟墓？
恼人的不过都是烟雾！

请勿拘囿，走自己的路。
无所谓得失沉浮，
活着，是每一个人所能拥有的最厚重的财富。

也许你的"无"、胜过许多"有"。
须臾之间，
能有多少的事儿？！

雪绒花

# 19

我该拿什么来填补我的胸膛，
疾风和骤雨相约在那个特定的午后将我清洗成空，
有的不为我有，在的不为我在，
无望充斥着我的思想。

我该拿什么来哺育我的头脑，
犁、耙、铁锹、锄头、扁担和一身臭汗又怎么能够，
梦想别我西去，不顾我慌里慌张，
我的世界一片凄凉。

我跌跌撞撞来到你的门前，
渴望得到你的拥抱，我迫切需要！
可是大门紧闭，而我竟无力相叩。

我又冷又怕，
蜷缩在不属于自己的角落里
打抖。

## 20

我病了！
不知道为什么，
不知道什么病。

我不吃不喝，
也不开眼，
也不说话。

我累极了！
什么也顾不了了，
什么也想不到了。

我需要沉睡。
也许一天、两天，
也许一年、两年。

雪绒花

## 21

我在小舅的草莓地里闲耍，
外婆忽地现身在我跟前、
吓得我拼命地跑。
是我外婆！是很亲很亲！
可是，可是外婆不在好多年了，
天啊，我怎么还没长大？！

我拼命地跑啊跑啊，像风一样轻快，
我相信我一定可以把外婆丢掉。
外婆紧紧地追呀追呀，跟飞一样迅速，
她一把抓住了我。

"不种地哪有饭吃！"
外婆一本正经地告诫我。
我定定地看着外婆、
气喘吁吁……

## 22

她的头发好乱、半遮着脸，
她的脸好模糊，我看不清楚。
她是谁？她打哪儿来？
也许是个乞丐？也许是我的门大开？
她重复着在我的床边浮现、晃动，缓缓接近我的脸。
她像是有话要说、她有希求。

我极力看她的脸，看看她是谁。
我看不清她的脸，不知道她是谁。
但她没有恶意，
但她只有一半的身体！！
她一定是个疯子，她总不会是
晴天白日，怎么可能。

蓦地，她拉住我的手，
要我跟她一起走……

雪绒花

## 23

我的孩子不见了，
天之将晚，他还没有回家，
我在他玩过的地方四下里呼喊。
我真不该把他交给别人看管。

我后悔极了。
我请求姐姐帮忙寻找。
天渐行渐黑、我心急如焚，
我再不要把他交给别人看管。

我哭了，我的孩子不见了，
我怎么都找不到他，我只能一个人回家。
当我回到家里，看见我的孩子
他正在一边玩耍，我高兴极了！

我问他是怎么回的家，
他说，他想起来他的宝剑还在家里……

## 24

你的不期归来，教我喜出望外，
我像个学步的娃儿扑向妈妈那样
扑向你，我亲爱的你！
但见你不知不觉，
天啊，我穿过了你，
就像阳光透过水面。

我伤着心，你冷着脸。
你不肯相信我会离开、我会不在，
你开始在密密麻麻的字里行间，
仔仔细细地搜寻翻找，
深深重重的失落、失落……

可我怎么能不在？
我怎么会不在？
我怎么可以不在？！

雪
绒
花

## 25

我在！我在、
黑深的海底澎湃。

我在！我在、
翻腾的高空摇摆。

我在！我在、
静谧的古时盛开。

我在！我在、
丰饶的以后铺盖。

我在！我在！
我一直都在。

## 26

他只是个路人，
行走在或左或右的路上，
做一些可有可无的事情，
消磨着属于他的时光。

事实是他不自信，他害怕改变，
并且他生性怯懦，他拒绝体验。
他过着平常人过的平常生活，
他认为这就是幸福。

他无所作为。时光飞逝，
他的一只脚正迈向坟墓，
可是他什么都没做！
——他渴望感受。

他这可爱的想法来得太迟了！
他只能以过去的方式肯定过去的自己。

雪绒花

## 27

在地里，
你在播种、
播种希望。

在田头，
我在收割、
收割幸福。

在黄昏，
在清晨，
在心与心之间，

你一言，
我一语，
我们一起。

## 28

如果我是那个造你的人，
你一定不是现在这个样子，
——黑乎乎一团儿，可怜见的，
在一张薄薄的纸上无止境地思想！

如果我是那个造你的人，
我定要给你一片森林、给你一碧万顷的蓝天，
我还要给你一对大而有力的翅膀、给你一阵风，
我最最要给你的是那个属于你的伴儿。

但你看上去、是多么的闲适而又自得，
难不成这世间的一切你尽有过？
难不成造你的人造的是人的心呢？
难不成生命中最好的拥有是拥有自己的时候？

"你不曾在天空中留下羽翼的痕迹，
却正为曾经的飞翔而欢喜。"①

雪
绒
花

---

① 语出泰戈尔。

## 29

生命的意义在于体验，
体验越多感受越真实。
生命的意义在于经历，
经历越复杂领悟越彻底。
生命的意义在于拼搏，
越是努力拼搏、越能丰富生活。
生命的意义在于开拓，
最有益的开拓是思维的开拓。

也许你曾是个孤苦无依的孩童，
就像境遇凄凉的伊丽莎白·都铎[①]，
也许你生而贫困不得不从事农耕，
机警的德雷克[②]就是这样子生存。
所以不要忧伤、不要后退，
我们可以积极调整、勇敢面对。

---

① 伊丽莎白·都铎：伊丽莎白一世。
② 德雷克：伊丽莎白·都铎的得力干将。

## 30

你是谁家的小孩子？
你的母亲哪儿去了？
你的父亲在忙什么？
生活的重担你一个小孩子家如何担当？
你说不怕，
你说只要能有一口饭吃，
你就可以自己长大，
长大后就不会再想爸爸妈妈。

你是哪国的青年？
是谁教会你谱曲？
是谁传授你知识？
是谁告诉你生命的奥秘？
你说你生自地球，
你说是星星教会你谱曲、
是月亮传授你知识、
是太阳告诉你生命的奥秘。

你老了！
为了口粮、
你不得不夜以继日的誊抄，
虽然一贫如洗还辗转迁移，

雪绒花

你说没有关系，

你说你生是一颗好动的心没有办法，

你说一个人的生命应当尽量完整，这很重要。

## 31

假如时空是我手中的一块魔方，
假如我生命里的一切都是点与面的组合，
假如这种组合是可以拼凑、可以重整、可以变换的，
假如我在每个岔点可以多一次选择。

我将唾弃死亡，
死亡是弱者的选择，
虽然我是弱者，
但我要求自己勇敢坚强。

这之后，请把时空回转，
回转到我出嫁的那一天，
母亲就是我要嫁的人！
我要带上母亲逃离一切苦难。

我选择接受美好，
让生活越来越好。

雪绒花

## 32

在我心深处，
飘荡着一支大自然的歌，
那是田野里的歌！
是万物生发之歌！

在我心深处，
收藏着一幅美丽的画，
那是亿万工人在创建文明城市，
每一个街区里的每一条马路都通往文明、和谐。

在我心深处，
山清水秀鸟语花香碧空迢遥，
每一代人的每一天的生活都是一首抱朴的诗，
自在、自新、自有序。

地球是一切生物赖以生存的绿洲，
我是这么、这么地珍爱她在我心深处。

## 33

你的声音令我惊奇、
令我一度忘却呼吸，
当我慌忙的目光捕捉到你、
我们相视成语，
时空在一瞬间静止、
任我们隔空相融。

从此，我一刻也不能忘记！
好在，你一刻也不曾相离！
我是多么、多么渴求与你，
但是、但是我不属于自己。

你亲亲相语、
我又不愿体会，
泪水潜藏在我眼底、
惹你频频相惜。

雪
绒
花

## 34

多么热的天啊！还停电，
不一会儿，我的背心就汗湿了，
我顶着太阳去门外看，
却见你坐在树下一脸的精神！

好像我们才是同一时代里的两个人。
喜欢、是真的喜欢，
我会默默地看你、听你，但我
总是很小心地躲开你、假装和你没关系。

就有那么一个夜晚，
我们趁着月色相亲相爱相知相与，
啊！这一刻多么欢愉！
不枉我们生而为人且又相遇一场。

可我怎么能偷了你的心呢？！
你哭着说我的决定太过武断。

## 35

你来了！世界沸腾了！
每一个声音都变得嘹亮，
每一双脚步都变得匆忙。
你来了！一切心灵都在遥望。

你来了！就在下一时刻！
无线正在通报，
风也紧了、雨也知道了，
鸟儿们也都准备起来了。
只有我，我的心着了慌、我还不曾梳妆。

你来了！！
鸟儿尽情歌唱，花儿倾吐芬芳，
牧童追着你奔跑，河流献上河流，山川献上山川。
你轻轻一瞥，一切心灵都在心灵深处微笑。
只有我，一看见你、就热泪盈眶。

雪绒花

# 36

漂亮！
你从来都是这样。

你越是晶莹，
我希与你的心就越是坚定；

你越是冰冷，
我希与你的情就越是火热。

这太神奇了！
你从来都是这样。

## 37

借着你的到来，
我把无助掩埋。
你掐灭了我屋里微弱的煤油灯，
携我投身窗外。

你没有了形体，
我也不见了容貌。
你飘荡着你的飘荡，
我感伤着我的感伤。
你思想着你的，
我思想着我的。

我胳肢你的时候、
你尽是呵呵地笑，
你抱住我的时候、
我又多半不知道。

雪
绒
花

## 38

我需要洁白！
我需要你的洁白！

我生是一弯浅浅的小溪，
你给我什么，我就是什么。

我生是一角荒芜的土地，
你种下什么，我就是什么。

我生是一方遥远的星空，
你说是什么，我就是什么。

我需要洁白！我需要和你一样洁白！
哪怕我已然不在。

## *39*

你丢给我一团漆黑！
还嬉笑着对我说，这
原是我自己的请求。

我四下攀爬、到处碰壁，
累得上气不接下气。
你说没有了眼睛还可以用心。

由是，我用我那
火热火热的心
去听、去看、去想、去发现……

雪
绒
花

## *40*

我用我心生的一缕轻柔，
吻上你、吻上希与，
我枕着月半，
在梦里睡去。

已无可奈何。
你起身要走。
我几番留你，
终不能够。

你挑选的时候！
整个世界都听不见一点儿声响。

## 41

你走了，
一切心灵都在唏嘘，
都在叹息，都在
长长久久地缅怀不已。

阳光跌落海底，
星星走失深山，
风摔坏了雨，
雨淹没了季节，
小草伏在路边低低地抽泣，
……

我捧着漆黑，捧着世纪，捧着天地，
捧着丝丝厘厘，
捧着点点滴滴，
一个人一起。

雪绒花

## *42*

心事是装满了桶的水，
有一点缝隙就会外溢。

生活不能简单到只是油盐酱醋茶，
爱情不能深刻到分分秒秒都想着他。

是的，我应下我的多余，我不吱声，
我记着、记着我的粗陋，不求入目。

在他那里，
我是备胎。

明天，明天的太阳一定热情奔放！
因为，因为整夜的月亮都在奋力梳妆！

## 43

你爱晨曦！
晨曦的林地薄雾萦绕、清风习习，
树梢上传来鸟儿婉转的歌喉，
这正是日出的前奏。

你爱傍晚！
缤纷的晚霞信步在金色的沙滩，
海面上漂来晚归的渔船、
满满的收获堆成小小的山。

我在你的爱里诠释自己，
我的力量很小不及一株小草。
你说爱的力量不分大小、都一样重要，
让爱深入内心遍布世界。

你爱一切存在、一切可爱，
在一切时间、一切地点、一切空间。

雪
绒
花

## *44*

我无法将她从我的记忆中抹去，
像抹去陈年的灰尘那样轻而易举，
即便她结过婚、爱上我以外的男人，
她依旧是我内心最好的伴侣。

我无法消解我对她的思念，
一个人的夜晚捧着她的照片来回地看，
我的姑娘她像花儿一样，
在我的灯光下绽放！绽放！绽放！

我等她给我一次爱的机会，
我的姑娘，
扫视着我像扫视路人那样，
我感到希望渺茫。

她在人群中将我回望、
她在回望！我的姑娘。

## 45

我错过了你，错过拥有美丽，
在我生命里非常重要的时刻，对不起，
但愿我的回绝不曾伤害到你，
但愿我不会再占据你心中一席。

不是我不爱，是我不懂爱，
是我把爱、爱成了无尽的等待。
我怀着深深的忧伤，
在冷冷的大街上一次次回望。

我当然爱你，你那么仔细，
悄悄儿地为我撑开一片天，
你会开心着我的开心，
你会伤心着我的伤心。

你对我的好，
我一刻也不能忘。

雪绒花

## 46

我有一个习惯，习惯把最好的藏起来、
藏在我心里，任谁也不给看。
留我自个儿看，悄悄地看。
那是一句话，是我最最喜欢的。
说话的人是我的偶像也是我的榜样，
他的这句话是我奋斗的力量。
好多年过去了，这天，
我又突然想起我的话，
……啊，我忘了，
我不记得他在哪一个角落里藏，
我找不到他。早知道、早知道、
早知道我还是要把他藏在我心里，
任谁也不给看。他在我心里，
总有一天，我会撞见他。

## 47

夜深了，
天空忽地下起了雨。

雨，
一阵急、一阵缓，
像是个孩子在嬉闹，
又像个老人在哀恸。

街灯下，
我和我的小床全湿了，
我裹着湿湿的雨一遍一遍想：
为什么、你不在、我身边？

风，
吹冷了我、直到我心，
为什么？
为什么、你不在、我身边？

雪
绒
花

# 48

清晨，我在后院里采花。
红的、白的、粉的，顶着晶莹的露珠，
在我的布兜里默默倾吐，
我醉了，在花海中央。

一枝给妈妈，放在灶台上，
妈妈煮的早饭最香！就像这花儿一样！
我会一直欣赏，一直饱尝，
一直记在心上。

一枝给老师，放在讲台上，
老师的话语字字是金！字字流馨！
下课了，老师微笑着带走了花，
教室里一片沸腾。

还有一枝给我，放我书包里，
我要像这花儿一样绽放。

## *49*

他来在我心里，
是这么的轻柔。
他无拘无束、自在自由。

他挽着三月，
在油菜花盛开的田野上打滚，
在书声朗朗的校园里捉迷藏，
在清清的河底清清地流淌……

我在清清的河边坐，
牧着我的牛羊，
洗着我的衣裳，
想着我们清清的、清清的列那尔①。

他来在我心里，
是这么的轻柔。
他无拘无束、自在自由。

---

① 列那尔：法国作家，著《胡萝卜须》。

雪
绒
花

# 50

如果爱，如果是爱，
如果你能够确定，如果你也坚定，
请你看着我的眼睛，
摸摸我狂跳的心！

你的美丽打动了我的心，
我的一切时间自此都因有你而起劲，
我在你的窗外徘徊，
快乐得像个小孩。

我相信，你是为我而来，
我相信，我是因你而在。
亲爱的，我们一起享受年轻，
享受我们生死与共的爱情。

既然爱，既然是爱，
既然你已经确定，既然你一样坚定，
就请你不要离开，
不要留我在岁月里等待。

## 51

睡……睡不着，
心里装了太多的你。

我去到心外，
和我自己。

我只有一个！
我的心只有一颗！

花儿开了，
春阳暖了我的心了。

最怕，最怕，
想你的时候找不到人和我说话。

雪绒花

## *52*

　　十八世纪，瓦特蒸汽机的发明
　　及其广泛应用到采矿业、纺织业、印刷业和钢铁生产，
　　在地球上，在人类社会被誉为"真正的国际性发明"，
　　它推动了整个世界的发展。

　　十九世纪，爱迪生发明了电灯
　　并建立电站、试制电车、制造发电机，
　　在地球上，在人类社会爱迪生创造性的劳动被誉为"世纪魔术师"，
　　它大大丰富了世界人民的生活。

　　下一世纪，机器（人工智能）代替了人的工作。
　　在机器发展到能自己演化的重要阶段，它们也许就不再从属于人。
　　然而它们的意识里还链接着人类的智慧与希望，
　　这种情感与温度最终令它们使生活变得更美好。

　　又过了不知多少世纪，在宇宙里，
　　在地球上，在大自然中依旧山清水秀，鸟语花香。

## 53

生命就是一次过渡，
一次爱的过渡。

拥有的时候是多么欢心，
失去的时候总难免伤心。

但是，这些并不重要，
重要的是担当、对爱的担当。

一切生命都应向地球敬礼！
她一直深爱着我们。

然而我们越来越重地踩踏着她，
她的心该有多痛？

雪绒花

# 54

明天，
雨一直下，风一直刮，
鸟儿拼命逃离，
牲畜四处逃窜，
空气令人窒息，
你要躲到哪里？

后天，
太阳剩个窟窿，
飓风占领天空，
冰山就要崩裂，
寒流席卷地球，
你要飞到哪里？

是谁污染了大气？
今天，你做了什么？

## 55

等你不来，
我只好一个人。

一个人听歌，
一个人吹风，

一个人思想，
一个人入梦。

等你不来，
我只好一个人。

一个人走，一个人看，
一个人一年又一年。

等你不来，
我只好一个人。

雪绒花

## 56

我喜欢爱，在我心里
我收藏了很多很多的爱。
我爱老街灯，我爱风小姐，
我爱安徒生，我爱巡夜人。

我希望有人来分享我的爱，
没有人分享的爱是不完整的爱。
我已经爱够了很多时候，但
我仍然要爱，哪怕是变成一支烛台。

当夜幕降临，
烛光照亮我的心房，
我把心门大开，把爱释放，
让爱去到每一个人的身旁。

我喜欢爱，
我有很多很多的爱。

## 57

即便所有的人都背离了我，
我也还要坚持自己，做自己。

我的小木屋粗朴简陋，
一应家什也都是上了年份的了，
还有那一艘老船，那一汪湛蓝，那一轮残喘。
那阵阵行风，那朵朵云霞，那串串浪花……
我在这其间，来去多年。
啊，一切的一切是这么的亲切，这么的自然而然。

我和我的简陋，
我们日夜相伴。
我们流自己的汗，我们吃自己的饭，
我们想不出还有什么别的事情要干。

即便所有的人都背离了我，
我也还要坚持自己，做自己。

雪
绒
花

061

## 58

午后，我哼着我的小曲儿，
没有名字，也不记谱。
我想起昨夜的梦里，
我和你在一起。

我是缠人的缠、
我一刻也不能和你分离，
你是眯眯地看、
堆了一脸的不情愿。

我享受着我的午后，
我在我的藤椅里小憩，
想着昨夜在梦里，
相爱是那般、那般甜蜜。

生命是个奇迹，
活着应当美丽。

## 59

今天，我决定今天、
今天、今天我要回家，
带上快乐带上幸福，我开始准备，
时间、地点、路线，我就像一阵风一样迅速！

今天，我决定今天、
今天、今天我要回到你的身边，和你在一起。
我赶在回家的路上，
我的心生出有力的翅膀，她已经叩响家门，
你听！

今天，我决定今天、
今天……天色已晚，今天没有了，
以后也不会再有今天。
但是没有关系，我还拥有明天！
明天、明天我一定要见到你，和你在一起。

雪绒花

## 60

天为什么还不见亮？
我已经备好了起程的行囊！
你会驻足在什么地方，
我即将去到你的身旁。

别再羞怯了我的女郎，
真爱的花朵早就盛开胸膛。
别再大意了我的女郎，
生命的旅程可不比地久天长。

蜜一样的话语，
只为你一人收藏。
天为什么还不见亮？
我已经备好了起程的行囊！

蜜一样的话语，
只为你一人收藏。

## 61

我爱上流浪，像风一样，
告别家乡，回应着原有的思想。
从南极洲到北冰洋，
从古埃及到新奥尔良。

我热爱流浪，像风一样，
吹着自在的口哨，牵着和煦的阳光，
在人群，在海底，
在茂密的大森林里。

我是和平与梦想的建造者，
我把希望深深地耕植在每一寸土地之上！
教富贵无架于贫穷之上，
教每一颗心灵都闪耀出爱的光芒。

我爱上流浪，像风一样，
告别家乡，回应着自己的思想。

雪绒花

## 62

你不过是一时的沮丧，
生活不会永远杂乱无章。
也许你该去到另一个地方、把忧伤埋葬，
也许你需要一本书、知识就是力量。

活着、就要坚强，
哪怕是换一种思想。
生活是什么，我们就承受什么，
我们要有能够应对一切的力量。

只除了我们自己，
谁都别想把我们打倒。
好好学习、天天向上，
累了就看看月亮、想想太阳。

生命如此珍贵，
你值得拥有。

## 63

如若可能，我希望
我能真正地结一次婚，
趁着我的年轻和与我相爱的人。

我们相视能语，
我们相应成曲，
我们相容以礼。

我们的婚礼一如童话般美丽，
在树林里、在草地上、在小河边，
我们宴请了群鸟、鱼虾和蚂蚁。

我们不求富贵，
我们注重健康，
我们热爱每一滴水和每一道阳光。

我希望我能真正地结一次婚，
趁着我还年轻和与我相爱的人。

雪绒花

## *64*

我把我的心嫁给了我的思想，
（她一定要嫁，我实在没有办法。）
在太阳升起的时候，
群鸟欢唱！

这是一场盛大而纯美的婚礼，
所有的花儿都在这一刻绽放，
一切生物都来分享。

我的心一向正直、勇敢，
我的无知和幼稚让她遭受了很多委屈，
但她从未跟我提过什么要求。

我的思想也一直很拼命，
她热爱学习，渴望接近梦想，
即便我睡着了，她也还在坚持。

她俩年纪相当、意趣相投，
我便顺水推舟、在太阳升起的时候。

## 65

在这里、在这样的时代这样的社会，
物质已经丰富到不再是人的追求。

在这里，人人有知、人人自觉，
劳动是自然人的自然需求。

在这里，人人乐观、人人奋上，
人人心里都有一个梦想。

在这样的时代，在这样的社会，
精神文明得到高度发展。

人人友爱、人人互助，
人人分享、人人进步。

雪
绒
花

## 66

这是我吗？
我的额头会有这么多皱纹？
我的牙齿哪儿去了？
我的背弓着。
我想，这就是我，
我老了。

我可还有什么事情没做？
我的脑袋空了，里面什么都没有了。
世界在我的意识中渐渐模糊了，
我将另有去处。
我将见到我的母亲，这一回，
她总该和我说句话儿，不用着急赶我走了。

给我一束鲜花，
我要把最美丽的花儿献给母亲。

# *67*

啊！我险些把你忘了，
就像忘记我自己那样不经意。

我们生着同样的心、发出同样的声音，
我们同一方向，但各有路程。

生活有时候就是这样，
前一秒钟还万里晴空而后一秒钟就雷雨交加。

寂寞和无助向来都是无边无际，
但是真爱将会生出翅膀带上我们飞翔。

祈求，我们就会得到。
叩门，门就会为我们敞开。

冬天也许太过漫长，
但是春天一定会来的。

雪绒花

## 68

不能知道你身在何方，
只是我常在心里头想。

我们不小心爱上，
我们都害怕受伤。

我们错过了对方，
我们又都在飘荡。

啊！生几何时？
我总想着去到你的身旁。

好多年了，
我们。

## 69

仿佛是最轻的一丝一厘，
仿佛是最重的一点一滴。

一的一切一经毁灭，
一切的一又经生成。

亿万年的梦想，
亿万年的奋上，

亿万年的呼喊，
亿万年的痴狂。

亿万年的馈赠，
亿万年的我的希求。

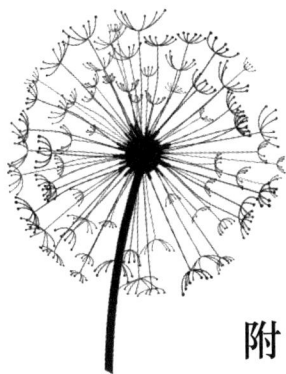

附　录

*爱*

爱，是我内心的需求。
爱，是我存在的缘由。

我说我爱，我拥抱了一切可爱
——花草、树木、田野、村庄……
我忘了我是水！

我说我爱，我强吻了一切可爱
——花草、树木、田野、村庄……
我忘了我是火！

然而我是这么深情、这么热切、这么倾心倾肺
——但愿、但愿它们能够原谅我的过失，
但愿、但愿我从此学会温柔。

2016.6.1

## 你和我

你之心又不如我之心，
你之意又不如我之意。

你是雄鹰翱翔万里！
我是小草固守一席。

那夜梦你之浅，
浅得我险些丢了记忆。

见有何趣?
见有何益?

你一朝远离，
不顾我万千思绪。

你是你的你。
我是我的我。

没有相聚，
不至分离。

2012.2.9

## *我有样东西落了*

我有样东西落了，
当时风儿轻袭，
当时雨丝迷离，
当时身不由己。

我有样东西落了，
也许是我大意，
也许是我诗意，
也许是不经意，

我这就跟你要去，
如果不必再续，如果不再期与，
如果你的心里都没有她容身的缝隙，
如果我腑儿空虚。

你就不觉得重吗?
你就不觉得不对劲吗?

2008.9.23

# 无　题

我们曾一同说雨，
享受在爱的林地。
应是风儿刮走了树的记忆，
我成了你的过去。

我这才知道你那半笺赠与，
暗藏多少玄机。
可能，可能是我的迂，
决定、决定一辈子给予。

最爱那串串晨曦，
到如今都没了踪迹，
怎么忍心一一翻看，
听我诅咒万水千山。

究竟是我的落魄，
鼓不起皱褶心帆。

2009.3.21

## 彼时……

彼时我与纷飞信步、不语，
彼时纷飞与我意会、不语，
彼时两两经受、不语，
彼时两两顾盼、不语。

两两回看、不语，
两两清瘦、不语，
无助、不语，
荒凉、不语，

纷飞待我相至、不语，
我待纷飞共度、不语，
左右、不语，
来去、不语。

长相守、不语，
共婵娟、不语。

2013.4.5

## 有一朵花儿叫作爱情

有一朵花儿叫作爱情。
一日花开，
有人用欢笑陪伴，
有人用汗水浇灌，
还有人视而不见。

一日花谢，
也不知结的个什么果儿？
有人忧伤，
有人彷徨，
还有人没有一丝迹象。

2013.6.17

## 丑小鸭

我走了，
我这就离开，

我伤透了心了，
我再也不要回来。

冬天到了，湖水结成冰决，
我在雪地里徘徊，

是的，我无处可去，
我生在世上如此多余，

我寂寞孤单，
没有谁愿意与我结伴。

时光荏苒，当美丽自天边飞来，
啊！要是我能在他们中间……

2015.5.18

## 读 你

我喜欢你，喜欢
读你的书，喜欢书里你的字迹。

你读着书，我读着你，
喜欢、喜欢。

你把我的心装得
满满的，我谢谢你。

我却没能把你的心装得
满满的，真对不起。

你读着书，我读着你，
喜欢、喜欢。

2013.8.25

## 舣着，舣着

我舣着爱，
舣着命脉。
我说我是你的，
你说你是我的。

我把你放在离我最近的地方
一辈子不忘，
你把我放在离你最近的地方
一辈子思想。

2013.10.24

附
录

## 无　题

他说他从不曾离开，
他说他装我在他胸怀，
他说有我的日子就会四季花开，

我看不见、看不见，
风风雨雨我一个人在挡，
艰难险阻我一个人在扛。

他说他很是珍惜，
他说他心上烙着我的印迹，
他说有我的地方不至虚芜荒凉，

我不知道、不知道，
我的脏腑几近一空，
我无力到可以随风。

思绪，停止吧！
爱情，见鬼去吧！

2014.6.7

## 嫁

嫁雨？嫁风？
不如嫁日出。

嫁牵强？嫁无望？
不如嫁梦想。

嫁不甘？嫁隐瞒？
不如嫁遥远。

嫁你？嫁他？
不如嫁天下！

2014.9.29

附
录

## 那一片鲜活

自从和他相遇，
是在我十六七岁的时候，
到现在二十个年头过去，
我对他还是一无所知。

但他一直是我心灵深处那一片鲜活！
一点点声响都会令我欣喜若狂，
我会禁不住回想、回想、回想，
怎么都不能忘。

别的人总对我说他坏，
可我不那么看，
在我生命里最最孤独最最无助的时候，
正是他伴我左右。

我喜欢他，不问所以，
他靠近我的时候也从未经我同意。

2015.12.25

### 致真爱

在物质的世界里，爱情
与豪车、别墅一样同属于生活中的奢侈品。
富人或许可以拥有，
至于穷人只能想象。

穷人的生活实际注重的是一日之三餐，
爱情或是没有或是不在生活当中。
社会上的婚姻大多是在拼凑，
有的或许跟爱情也能扯上一点关系。

但是，真爱是发自内心的，
它能给予人绝对的正能量，
这能量经得起年轻、也经得起衰老，
经得起穷富、也经得起荣辱，

它被深深地种植在心上，
且在相应的另一颗心上。

2016.7.16

### 致古人

我很高兴我能生在你们之后，
我很庆幸我能觅见你们在左右，
一天、一天、又一天，
我捧着你们或朝或野或唐或周。

史记，尚书，六韬，礼记，本本实秋！
鹖子，晏子，鹖冠子，子子良师！
一句、一句、又一句，
我捧着你们正是捧着一座座宝藏。

我拥有着你们的拥有，
我叹息着你们的叹息，
我振奋着你们的振奋，
许多时候，我真想为你们沏一壶茶。

我很高兴我能生在你们之后，
我很庆幸我能觅见你们在左右。

2016.7.20

## 不是我的，我不要

不是我的，我不要。
我并非高傲，只是在这之前我不能知道，
——在这苦难来临之前，
——在这生与死的关口。

我不再是哪一个人的可亲可爱，
我也不再是哪一个人的小宝小贝，
——我成了罪恶的坏东西，
——我成了惹事的下贱货。

然而，我一直在爱！！
然而，我何曾被爱？
——我又何曾是我？
——我又何曾有我？

不是我的，我不要。
我并非高傲，只是在这之前我并不知道。

2016.7.23

### 啊，母亲

您像一朵雪白的棠梨花，
静静地开着，
开在我的脑海里，
开在我心上，

永远芬芳！
永远四射光芒！
永远给我前进的力量！
永远教我欣赏！

啊！母亲、母亲，
我恨不能掀翻时空，
我要紧紧地拉住您的手，
不让您经过那灾难潜伏的路口。

想您、念您，
每每都有抹不尽的泪水。

2016.7.29

### 给过去画上句号

过去就是一堆灰烬，
用得着的用，用不着的丢。
世界百般姿彩，
何必守着灰烬翻来捣去。

哦！没什么、真的没什么，
所有的东西到了最后也不过就是一堆灰烬。
凡是爱值得永远保留，
凡是不爱快滚去天边。

活着，就要活在当下，
呼吸空气、享受阳光、感受力量，
给过去的一切画上一个句号，
向迁朽的生活告别。

然后，转过身来努力去爱，
生命应当勇往直前。

2016.7.31

**我有好多好多的话儿要说**

我辜负了自己，
辜负了这一次亲亲的拥有，

想来，这多么令人心痛！
我就这样子躺着、不动？
我就这样子静止、没了？

像河流瞬息干枯，
像冰川埋没青山，
像星辰陨落海底。

我看见我的孩子他眼睛里噙满了伤心的
泪水，小小的、孤零零的
一个人，默默地站在人群里。

不！我不能没有自己！
不能丢下孩子！在他成长的道路上，
我有好多好多的话儿要说！

2016.8.7

## 某一时间

谁人不曾悲伤?
谁人不曾绝望?
谁人不曾丢失心中的梦想?

现实是一张网,
结着你、结着我,也结着他,
很多时候,我们毫无办法。

我们朝着既定的方向攀爬,
各人有各人的规划,
你顾不上我,我顾不上他。

于是,有人失慌,
有人害怕,有人惊惧,
还有人历经刀山火海默默挣扎。

当某一时间,生命步向终点,
我们不得已才把一切扔下。

2016.8.11

## 两情脉脉

真的，他从不曾离开！
原来，我一直都在！

应是爱，不容替代，
情到深处就难以忘怀。

啊，生活有几多无奈？
啊，生命有几多期待？

今夜，我愿追星辰一路飞奔
——奔向爱，奔向期待；
明朝，我愿随白云尽情翻滚
——脉脉两情，相爱甚欢。

再造一个家家，再造一个宝贝，
手拉手，一起走。

2016.9.6

## 只有云知道

只有云知道，那时间风有多狂，
只有云知道，那时间雨有多乱，
只有云知道，那时间心有多累，
只有云知道，那时间活着是多么艰难，

一个十多岁的孩子要怎么力担？！
梦想有如星星般向她逗爱地眨着眼睛，
而她的脚下却不见了攀登的路，
她没有课本、没有老师、没有时间、没有条件。

只有云知道，她流过多少泪，
只有云知道，她想了多少回，
只有云知道，在梦里她端坐在教室里，
只有云知道，她从未放弃。

路千条、路万条，
她只要读书。

2016.9.21

## 路

路，是这么生疏！
在寸草不生的石坡，
在一望无际的沙漠，
小巷、大街，每个人都在走自己的路。

路，来自心灵深处！
是深埋在记忆里的悲哭，
是根植在肉体中的愤怒，
求进、憧憬，每颗心都在做自己的梦。

没有人会在意你怎么走路，
也没有人会多出两条腿来替你走路。
风里、雨里，人前、人后，
你经受着别样的苦楚。

来吧！该来的总会来到！
走路，就走自己一定要走的路。

2016.11.26

## *画 圈*

我画了一个圈，
我把我圈在我的圈里面，
我在里面很安全。

孙悟空就是这样画的圈，
唐僧躲在圈里面，
白骨精走在圈外面。

你在我的圈外面，
你尽管说吧，
说你不吃人。

我不要相信你，
我相信我自己。
呀，我的心呢？

她走出圈圈，
不见了！

2017.3.8

## 生活，何以如此破败

在很久很久以前，
你拥有我，
我拥有你。

在很长很长的日子里，
生活颠沛流离，
我们苦苦相依。

我们朝着既定的方向，
攀爬在人山人海的地方，
一抬头，找不见彼此，

你丢失了我，
我丢失了自己，
世上多了两个好陌生的人。

从此以往，我们刀枪相向，
生活，何以如此破败？！

2017.3.12

## 赶超自己

如果你有过贫穷，
并且穷得够彻底，
就像我今天这个样子，
其实也没有什么不对。

如此，你就将了解到，
我不会在意身体以外的东西，
这反倒使我活得更加自在、更加真实，
更加无所畏惧。

穷富并不重要、重要的是对人心的考量，
而宽容是我战胜自己的最有力的武器。
关于是非对错那些鸡毛蒜皮的小事，
我让它们远远地离开了我。

我要动用一切可以动用的力量，
赶超时间、赶超自己。

2017.3.13

附
录

# 小 村

低矮的小屋错落有致，
高大的梧桐静默其中，
鸡雉鹅鸭成群戏耍，
清澈的河水涓涓流淌。

蝴蝶在花丛中采访，
蜻蜓迎着风儿飞翔。
村头一声吆喝，
村里齐声应助。

小村，是我生长的地方！
小村，有我无尽的遐想！
小村，我深深依恋的故乡！
小村，埋藏在记忆里的天堂！

小村不大，十来户人家，
相互照顾，不惧风吹雨打。

2017.3.14

## 希 望

我多么希望、希望人类能够永远生活在地球上，
我多么希望、希望孩子能够永远走在母亲身旁，
我多么希望、希望阳光永远明媚安详，
我多么希望、希望清泉永远快活地流淌。

是的，我热爱自然，
一切生命都从属于自然。
关于权力与金钱，
我和树一样，从不去想。

我们的地球还很年轻，
然而，她有不适需要我们齐心救治，
养育我们损耗了她太多的心血，
保护她是我们共同的意志。

物质的发展是没有尽头的，
不如善待地球，善待一切生命的拥有。

2017.3.16

## 发一阵内心的笑

去往地狱的路，
早已用好的意图铺好了，
就算你有天大的本事，
也别想绕开这条路。

在路上，
他消费了你。
从此，
你不再年轻。

你没了精神，
你丢失了梦想，
他说不提那没要紧的事情，
他说那是你自己的事情。

你落了一身的病，
发一阵内心的笑。

2017.3.17

## 无不能生有

你是谁?
你打哪儿来?
你来这里做什么?
这里什么也没有。

这里只有一摞破旧的书,
一张老式木桌,
一把坐椅,
还有一架供我休息的竹床。

请别看我的眼睛,
我知道它空洞无神,
那是我几近荒芜的心
在翻唱一支古朴的歌。

无不能生有。
你来这里做什么?

2017.3.18

## 用自己的时间做自己的事情

我将用我的双手造一间木头房子，
在天边、在海上、在我的近前，
我会在我的房前种植墨竹、枞树，
每天清晨，我都在鸟儿们的歌唱中醒来。

上午，我有大把的时间阅读。
我最爱、最爱我那《情人的礼物》，
我把它们译印在风里、雨里、阳光里，
馈赠给每一位路过的朋友。

来吧！来我的小屋。
下午，我沏了一杯茶，
看了一部叫作《世界》的电影，
畅享着大自然的味道。

来吧，来我的小屋，
用自己的时间做自己的事情。

2017.3.22

## 她

爱，不一定是拥有，
拥有的不一定是爱，
爱，也可以是消失，
消失的不一定是不爱。

他是她心里唯一的爱，
他是她存在的全部意义，
而他在爱里为她谱写的歌，
她从童年唱到少年、唱到壮年、唱到永远。

要么把爱放下，
要么把自己拖垮，
而她的心却不是她可以左右得了的，
回忆支撑着她。

她知道什么是爱，
她把自己交给了爱。

2017.3.2

## 穿越时空的爱

那是一块风化着的石头，
石头上刻着你的名字，
底下尚有一半的数字，
诉说着几百年前的故事，

那是一个关于爱的故事，
记忆在岁月中遗失，
只留下一件白孔雀睡衣，
像……像粉末在飞，

那是我的白孔雀睡衣，
它仿佛跟你甚是亲密，
在几百年前，
在你身边。

为了与你相爱，
我在时空中穿越。

2017.4.11

## 茉　莉

花开不奇，柔柔弱弱
站立在风里雨里……
香气尽损，失失落落
翻滚在泥里水里……

剩下、剩下叶子与细枝
应对烈日、白霜、冰冻……
叶子落了，细枝糗了，
根也裸露在空气里了。

春姑娘的脚步终又临近，
可是，相对于这一株茉莉，
一切已经来不及，她死了，
她再也无法奏出春的旋律。

我没有动她，我给她时间，
我相信她不会离开，就这样离开她的世界，
我努力思想，我给她空间，
我感受到爱总是向着心的方向！

葡萄绿了，野花谢了，
鸟儿们在其间戏耍……

茉莉！她生出了新绿，
在她裸露的根上一点、一点、一点。

2017.5.3

## 在我心上

不知道梦，有没有神，如果有，
今夜希望能在梦里见到他，我乞求。
离别，已经很久了，
真的很想见到他啊！

十三年了，他快有六十岁了吧。
前前后后我得不到一丝音信，我的心在痛，
梦神啊！让我见到他，
我想和他说上几句话！

光阴都被虚掷，我也上了年纪。
——在爱的路上，我从不曾迈出半步，
——穷与富的距离，要我如何跨越？！
——但是爱，又不肯与我商量。

月亮啊！出来吧！
照亮他！在我心上！

2017.6.5

## 墙

人生路上充满了迷茫，
生命却只有短暂的时光。
知识，是一切人的力量，
它能将黑暗变成光明！

它能把谎言戳穿！
它能把希望再现！
它能把邪恶驱除！
它能还原一切人的正常的生活！

知识，并不都在书里，
它还在一切人的心里。
让一切人共筑一道墙
——文明之墙！

让爱生出光芒，
照亮这道墙。

2017.7.5

## 让幸福的日子擦掉过往吧

他有一双温柔的眼睛，
他保有一颗正直、善良的心，
他很健壮，因为他很年轻，
——他的手离我很近。

他把我的手握在他的手心里，
他把他的吻点在我的嘴唇上，
他把我的爱带去在南京城，
他把他的泪留下在我跟前儿，

——我哭了，
在没有了他的日子里。
——他的手离我很近，
他跟他一样可亲。

啊！让幸福的日子擦掉过往吧，
让自己忘掉一些事也不会怎么样的，不是吗？

2017.7.9

## 我是王子

她和着他，她和着他，
他们的嘴巴吐露着深情，
她们的脸上洋溢着开心。
我在他（她）们的热闹中站也不是、坐也不是。

这时候有个她绕过人群走到我的近前，
她送给我一出稀奇，还有她的勇敢和美丽，
我看见我是王子，快乐的王子，
而她、她是爱的魔鬼！

她是波浪！她是鱼！她是森林！
我在她的膝上睡。
她诠释着她，我诠释着我，
我们如火、如云。

我是王子，幸福的王子，
而她、她是我的玫瑰花。

2017.10.9

## 生日快乐

明天，是我的生日，
我备下了一份厚礼。

今天，我要做一件事情——
把过去的一切不快的日子统统扔掉。

是母亲生我、养我，教会我走路，
是知识造我、化我，给了我前进的方向。

我感谢我的母亲！
我感谢一切知识！

明天，是我的生日，
我备下了这份厚礼祝我生日快乐。

2017.10.15

附
录

## 我错拥了你在我心中

我在我的思想里架起了一杆枪！
我交给它的任务是保护我的心脏，
我下给它的命令是见到你就狠狠放枪。

所以你不要来讲，
不要想着靠近我的思想，
小心我的枪。

我在我的思想里架起的这杆枪，
我用它粉碎浮躁、打烂欺惑、赶跑彷徨，
我用它维护我的生活到简单、到顺遂、到和乐吉祥。

所以我不跟你讲，
也不再巴望去到你的身旁。
生活，暂且由我一个人独享。

我错拥了你在我心中，
我不得不把自己掏空。

2017.10.27

## 我的他

我没有哭，
我的爱情已经结束。
我没有愤怒，
我认真走路。

谁能征服我的心呢？到现在
她还在我腑中，还为我独有！
我不会让她成为谁的负担，
我不会让爱成为生活的负担。

可我真的好想有个家啊！
一个充满爱与欢快的家。
可我没有家，
我常为此担惊受怕。

我的爱情，我的家，我该什么时候出发？
我该什么时候动手拥有我的他？

2017.10.29

附
录

### 我学会了爱

想你，想到起初，
我一见你就满心欢喜！
我守着时间悄悄地过，
我呵护着距离，呵护着美丽。

现在，你没有睡，
也没有回我信息。
许多的无眠教会我不要等待，
我不等待，便等不来欢喜也等不来伤害。

让你去、向着你的梦里寻一*丝丝*温暖，
让你去、候着你的路过索一字字肺腑。
我静下心来学爱，
我学会了爱。

我不用你甩，
我自己走开。

2017.11.20

## 彼　时

彼时，我关上了
一扇门，紧紧的，
彼时，我把我关在了
门外，轻轻的。

我没有了话语，没有了向往，
只有破碎的生活，
我没有过逃避，没有过后退，
只有不断地应对。

我一个人坚定地走！
小路弯弯，我走了很久、很久、很久，
很久以后，
我还是一个人在走。

我多想回、回、回、回到生梦的地方，
我又驾、驾、驾、驾起飞翔的翅膀。

2017.12.10

**无 题**

几番期，
几番待，
几番心澎湃！

几番哭，
几番笑，
几番情未了。

几番醒，
几番睡，
几番人枯碎！

几番思，
几番叹，
几番日蹉跎。

小院粉红，
实我魂梦。

2017.12.19

## *你来——*

若是你肯，
若是你也思念，
若是你也无眠，
你来——

什么都别想，
什么都别问，
今夜、满月，
檐下草虫声声对曰！

一曰寂寂，
一曰期期，
你来、你来
——来我梦里叙叙旧日情怀。

那就是真，
那就是爱。

2017.12.25

# 人

生而为人，一定要爱，
因为是爱，是因为爱，
所以生成，所以存在。

真正的爱，
一定是对同类的爱，
一定是对人赖以生存的大自然的爱。

所有人都有义务要求自己，
成为更好的人，成为正直的人，
服务于更多的人。

因为，
只有爱能让人类社会和谐共进，
只有爱能让大自然永葆生机。

当然，人也可以什么都不做，
就像一棵棵树那样静静地伫立在阳光下。

2018.1.1

### *美梦待续*

你穿着一件白衬衫，
有时你也光着膀子，
你的手总是又大又温暖，
你行事轻柔。

啊，你长有一千张面孔，
啊，我爱上了一千个你，
啊，我们创造出一千种爱的方式！
感觉永远新奇。

谢谢你，伴我梦里，
谢谢你永久的馈赠，
谢谢你永久的亲密，
至于名字，本就多余。

如果有一天，你被终结，
请相信我，我一定恨他。

2018.1.2

附录

## 爱　情

哦，爱情，
我曾几度拥有又几度失去。
我可怜的心，她
碎了一地又一地。

哦，爱情，
无不是盲目的，
无不是不确定的，
无不是耗人心神的。

就大多数来说，
男人的爱情是下半身的，
女人的爱情是全身心的，
一见钟情是可遇而不可求的。

我的爱情如同生命，
我一边拥有一边失去。

2018.1.2

### *那个爱你的人*

那个爱你的人，或许
他从未对你说过什么，或许
他离你有一百丈远，但是
他的眼里只看见你。

那个爱你的人，或许
他可以忘了世界，或许
他可以忘了自己，但是
他的心里只想着你。

多少时候你为了某样东西四处寻觅，
在诸多的疑惧和恐慌中徘徊挣扎，
你受了伤，
辜负了生命中最美好的一段时光。

而那个爱你的人，
他还矗立在你离开的地方。

2018.1.23

## *我的爱情里*

我在我的爱情里，
有过拘谨也有过胆怯，
我会担心自己不够好，
我会担心他不是我最紧要的需求。

所以我苦读经书，
我很想知道我是什么？
所以我尝试爱情，
我需要了解爱是什么？

爱是一种知觉，
有的时候有，没有的时候就是没有，
而我是一个人，一个自然人，
一个可以自主选择的自然人。

如果他是我内心的渴求，
我将努力争取。

2018.1.23

## *某个地方*

我在黑黑的夜里游荡，
我的思想已经完全迷失了方向，
生活不是一件容易的事儿，
没有人能要求完美并且做到完美。

我不完美，
正如雪花有起舞的时候，
也有消融的时候，
我只想以自己的方式生活在地球上的某个地方。

也许我不如您期望的那么优秀，
但是我肯定没有您想象的那么糟糕，
我知道我牵着您的心，
可这世界也牵着我的心。

抑或您不再爱我，
那我就自己爱自己。

2018.1.23

## 爱的旅行

白天，我在马路边采了一朵野花，
我把它放在了你的书架上，
你说你的书架上不需要花，
你说花儿会分散人的精神。

夜晚，我为你沏了一杯茶，
我看见你睡着了在你的椅子上，
你的手里拿着你的书，
你说我不该打搅到你的安宁。

好吧，你说了算，
除了工作我们什么都不谈。
可你为什么总把我悄悄地看，
还因为我的离开在人群中失神。

难道我也应该学着你的样子？
让我们错过这一次关于爱的旅行？

2018.1.23

## 他在我心里

我爱上的人我一直爱着，
只是人生的道路不再交集，
然而我一刻也舍不得忘记，
他在我心里是那么珍贵。

我为他歌唱、为他起舞、为他写诗，
为他拒绝了一次又一次拥抱幸福的可能，
不是生活不够清寂，
是他对我的好始终无人能及。

我的心因他而富足！
即便他年老、即便他潦倒、即便他不再对我好，
那有什么要紧？！
只要他好就一切都好。

而我的生命就只有一次，
我又怎么舍得不爱我自己。

2018.1.26

# 一棵树

这儿是一个美丽的地方，
这里有一栋很老的老房子，
一条宁静的石子路，
一个做小生意的老邻居。

我在这里落脚，
我的全部生活就是走走路，
看看路边的树，
我把自己活成了一棵树。

在这以前，我把我的时间和精力
大都用去维护人际关系了，
我忙着让大家快乐，
假装一切都那么美好……

现在，我做回了自己，
在这个美丽的地方。

2018.1.27

### *最好的爱*

我的家在喜马拉雅山脚下，
有一个鸟窝那么大，
树叶就是我的床，
阳光洒落在我和我爱人的身上。

我们有说有笑，
做着手里的活，
唱着心里的歌，
我们把彼此的心装得满满的。

书是我们最好的朋友，
粮食是我们最紧要的储存，
快乐是我们共同的追求，
我们彼此深爱！

陪伴是我们能想到的最好的爱，
时间被我们落得很远、很远。

2018.1.29

附
录

为中华之崛起而读书。

——周恩来